Lieber Basil,
ich wünsche dir ein ganz
sehr schönes Weihnachtsfest
und viel Freude mit diesem
Buch!
Deine Ur-Oma Edel

Weihnachten 2014

# Inhalt

Gedichte

Geschichten

**Rezepte**

**Basteln**

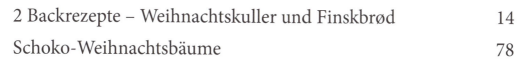

# Lieber, guter Weihnachtsmann

Lieber, guter Weihnachtsmann,

schau mich nicht so böse an,

stecke deine Rute ein,

ich will auch immer artig sein.

Volksgut

# Backen mit Oma

Lisa öffnet die Haustür und bleibt staunend stehen. Es schneit! Vom Himmel fallen dichte, weiße Flocken. Lisa fängt ein paar Schneeflocken mit der Hand ein. Sie schmelzen in ihrer Handfläche, bis nur etwas Wasser zurückbleibt.

„Das passt", denkt Lisa fröhlich, „zum Keksebacken mit Oma fällt der erste Schnee." Das Keksebacken mit Oma ist jedes Jahr etwas ganz Besonderes und Lisa freut sich schon lange vorher darauf. Sie hüpft fröhlich die Straße hinunter. Einige Fußgänger haben Schnee auf ihren Mänteln oder Mützen. Das sieht wie der Puderzucker auf Omas Plätzchen aus. Lisa findet den Schnee schön!

Lisas Oma öffnet die Haustür. Sie hat die Ärmel ihres Pullovers hochgekrempelt und trägt eine Schürze, die mit Mehl bestäubt ist. „Hast du schon ohne mich angefangen?", fragt Lisa. Ihre Oma lacht. „Aber nein, ich habe nur alle Back-Zutaten herausgesucht. Dabei habe ich etwas Mehl verschüttet."

Lisa trinkt in Omas Küche erst einmal einen warmen Kakao. Ihre Oma hat den großen Tisch in der Küche freigeräumt.

Auf dem Tisch sieht Lisa alles, was sie zum Backen brauchen. Lisas Oma hält ein zerlesenes Heft in der Hand. „Das ist die Rezeptsammlung meiner Mutter", sagt sie. „Deine Uroma war eine gute Köchin und hat außerdem wunderbare Torten und Kekse gebacken. Heute backen wir nach ihren Rezepten Weihnachtskuller und Finnisches Brot."

Lisas Oma liest laut vor, was in dem alten Heft steht. „Man nehme … 250 Gramm Mehl …" Lisa hält den Messbecher und Oma schüttet das Mehl hinein. „… dann brauchen wir noch Zucker, drei Eigelb … Kannst du die drei Eier hier trennen?" Lisa weiß, wie das geht. Sie nimmt zwei Schüsseln, schlägt die Eier am Schüsselrand auf, dann gießt sie das Eiweiß in die linke und das Eigelb in die

rechte Schüssel. „Und keine Eierschale ist hineingekommen, sehr gut!"
Oma tut alle Zutaten für den Keksteig in eine große Schüssel. Dann drückt sie
Lisa das Rührgerät in die Hand. „Fang schon mal an, alles zu verrühren. Ich
muss mich kurz hinsetzen." Lisas Oma streckt die Beine von sich und seufzt:
„Langes Stehen fällt mir immer schwerer."

Lisa hat alles gut verrührt. Aus dem großen Teigklumpen formen die beiden nun
viele kleine Häufchen. Lisa nimmt die Schüssel mit dem Eiweiß und tunkt die
kleinen Teig-Häufchen hinein. Dann bohrt sie mit dem Stiel eines Kochlöffels
kleine Löcher in die Teigklumpen. „Da kommt später die Marmelade hinein",
flötet Oma. Was jetzt kommt, mag Lisa am liebsten: Sie nimmt die glitschigen

Keksteig-Klumpen und drückt sie in einen kleinen Berg aus Hagelzucker. Der Zucker bleibt an den Plätzchen kleben. Lisas Oma legt ein Backpapier auf ein Backblech, Lisa verteilt inzwischen Marmeladenkleckse auf die Kekse. Zusammen legen sie ihre kleinen Kunstwerke auf das Backblech und Oma schiebt es in den Ofen. Schnell riecht die Küche nach köstlichen Keksen. Lisa darf den restlichen Teig aus der Schüssel lecken.

Oma schaut in den Ofen. „Gleich sind die Kekse fertig." Aus dem kleinen Küchenradio tönt ein Weihnachtslied. Lisa und ihre Oma singen laut zur Musik aus dem Radio. „Schlaf in himmlischer Ruuuuuu-uuuuuh!" Dann müssen sie lachen, bis ihnen die Tränen kommen – so wie jedes Jahr!

Backen mit Oma macht Spaß! Nachher wird Lisa eine Dose frisch gebackener Kekse mit nach Hause nehmen.

# Weihnachtskuller

**Du brauchst:**

250 g Weizenmehl

3 Eigelb, 3 Eiweiß

100 g feinen Zucker und 150 g Hagelzucker

150 g Butter

rote Marmelade (Erdbeer, Himbeer)

**Kleiner Tipp:**
Zwischendurch ab und zu in den Ofen schauen! Wenn die Kekse eine golden-bräunliche Färbung annehmen, sind sie fertig.

250 g Weizenmehl, 3 Eigelb, 100 g Zucker und 150 g Butter zu einem dicken Teig verrühren. Aus dem Teig formst du dicke Rollen. Schneide die Rollen in daumenbreite Stücke. Forme aus diesen Stücken Kugeln, ungefähr so groß wie eine Walnuss. Tauche diese Kugel in das Eiweiß und tunke sie dann in den Hagelzucker.
Lege die Hagelzucker-bestreute Kugel auf das Backblech.
Mit dem Stiel eines Holzlöffels drückst du nun eine kleine Vertiefung in die Oberseite der Kugel. Dort kommt ein Klecks rote Marmelade hinein.

Wenn der gesamte Teig verarbeitet ist, schiebst du die Backbleche in den Ofen. Nach 15 Minuten bei 180 Grad sind die Weihnachtskuller fertig!

# Finskbrød – Finnisches Brot

**Du brauchst:**

200 g Butter

1 Ei und 1 Eigelb

100 g Puderzucker

300 g Mehl für den Teig und Mehl zum Ausrollen

3 unbehandelte Zitronen

Frischhaltefolie

60 g gehackte Haselnüsse

30 g Hagelzucker

200 g Butter, 1 Ei, 100 g Puderzucker, 300 g Mehl und die abgeriebene Schale von 3 unbehandelten Zitronen werden zu einem festen Teig geknetet. Jetzt bestreust du eine freie, saubere Fläche auf dem Tisch mit etwas Mehl. Darauf packst du einen kleinen Klumpen des Teigs. Du legst ein großes Stück Frischhaltefolie über den Teigklumpen, dann rollst du ihn mit einem Nudelholz schön flach. Danach kannst du die Folie wieder zur Seite legen.

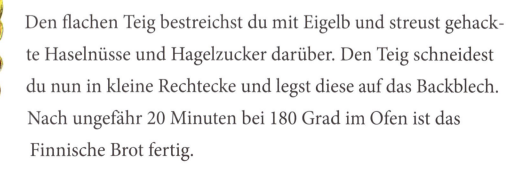

Den flachen Teig bestreichst du mit Eigelb und streust gehackte Haselnüsse und Hagelzucker darüber. Den Teig schneidest du nun in kleine Rechtecke und legst diese auf das Backblech. Nach ungefähr 20 Minuten bei 180 Grad im Ofen ist das Finnische Brot fertig.

# A, B, C, die Katze lief im Schnee

A, B, C, die Katze lief im Schnee,
und als sie dann nach Hause kam,
da hatt' sie weiße Stiefel an,
ojemine, ojemine,
die Katze lief im Schnee.

A, B, C, die Katze lief zur Höh'.
Sie leckt' ihr kaltes Pfötchen rein
und putzt' sich auch die Stiefelein,
A, B, C, und ging nicht mehr in 'n Schnee.

Volksgut

16

# Der einsame Leuchtturmwärter

Vor vielen Jahren hatte der Leuchtturm noch einen Leuchtturmwärter. Dieser Leuchtturmwärter hieß Hans. Der Leuchtturm stand mitten auf einer Insel, und die Insel lag mitten im Meer. Die Insel war nicht sehr groß, gerade groß genug für den Leuchtturm, den Leuchtturmwärter Hans und seinen Kater Pelle.

Die beiden waren die einzigen Bewohner der einsamen Insel. Das war gar nicht so schlimm, der Leuchtturmwärter war es gewohnt, allein zu sein. Aber zur Weihnachtszeit hätte Leuchtturmwärter Hans gern Gesellschaft gehabt.

Leise summte er ein Weihnachtslied vor sich hin. Kater Pelle miaute aufmunternd, er spürte, dass der Leuchtturmwärter traurig war. „Ich zünde das Leuchtfeuer heute früher an, Pelle!", sagte Hans. „Der Nebel wird immer dichter, die Schiffe dürfen nicht zu nah an die Klippen heranfahren, sonst laufen sie auf Grund." „Miau!", antwortete Pelle.

Das kräftige Licht des Leuchtfeuers strahlte durch den dicksten Nebel. Hans nahm sein Fernglas und suchte den Horizont ab. In weiter Ferne sah er ein kleines Licht auf den Wellen tanzen. Ein Schiff, das näher kam! Da, ein lautes Tuten vom Schiff! Der Kapitän hatte das Leuchtfeuer gesehen. Leuchtturmwärter Hans hatte das Licht genau im richtigen Moment angezündet.

„Sieh mal, Pelle, das Schiff fährt direkt auf unsere Insel zu, wir bekommen Besuch!", rief Hans. „Miau!", sagte Pelle.
Hans zog sich eine dicke Regenjacke an, nahm eine Laterne und ging zum Strand hinunter, um die Besatzung zu begrüßen.

Vom Schiff wurde ein Ruderboot zu Wasser gelassen. Das Boot fuhr an den Strand. Leuchtturmwärter Hans war überglücklich. Jetzt hatte er am Weihnachtsabend ganz viel Gesellschaft und war nicht mehr allein.

„Frohe Weihnachten! Ich bin Kapitän Kuddel, und du hast unser Schiff gerettet! Ohne dein Leuchtfeuer wären wir auf Grund gefahren und untergegangen!", rief der Kapitän. Er griff Hans' Hände und schüttelte sie lange.

Hans wusste vor Freude gar nicht, was er sagen sollte. „Miau!", sagte Pelle.

„Wir wollten am Heiligen Abend eigentlich zu Hause sein, aber in dieser Suppe können wir nicht weiterfahren", seufzte Kapitän Kuddel. „Feiert doch Weihnachten mit mir im Leuchtturm", rief Hans. „Dort ist es warm und gemütlich, und ich bin dann nicht allein!" Kapitän Kuddel und seine Mannschaft waren von der Idee begeistert und folgten Hans zum Leuchtturm.

Der Schiffskoch Fiete stellte sich gleich in die Küche des Leuchtturms. Schnell war ein leckerer Kartoffelsalat fertig. „Jetzt noch Frikadellen für die ganze Mannschaft, und das Weihnachtsmahl kann beginnen." „Miau!", sagte Pelle. Der Schiffskoch lachte: „Natürlich, Pelle, du bekommst auch etwas ab!"

Das war ein Weihnachtsfest, das niemand so schnell vergessen würde! Der Nebel draußen wurde immer dicker, der Himmel färbte sich schwärzer und schwärzer, bis man die Hand nicht mehr vor Augen sehen konnte. Aber im Leuchtturm war es hell und warm. Nach dem Essen nahm Kapitän Kuddel sein Akkordeon heraus. Alle sangen Seemanns- und Weihnachtslieder, bis ihnen vor Müdigkeit die Augen zufielen.

Kater Pelle stahl sich aus dem Leuchtturm und kletterte zum Strand hinunter. Er schaute zum Leuchtturm zurück. Das große Leuchtfeuer strahlte durch den Nebel und die Dunkelheit. Darunter leuchtete ein kleines Fenster. Und obwohl das Licht aus diesem Fenster sehr klein war, strahlte es vielleicht heller als das mächtige Leuchtfeuer.

# So packe ich meine Geschenke schön ein!

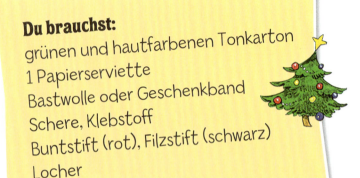

**Du brauchst:**
grünen und hautfarbenen Tonkarton
1 Papierserviette
Bastwolle oder Geschenkband
Schere, Klebstoff
Buntstift (rot), Filzstift (schwarz)
Locher

**1.** Schneide aus einem hautfarbenen Tonkarton einen Kreis mit dem Durchmesser von ungefähr 5 cm aus.

**2.** Zeichne mit dem Filzstift ein lustiges Gesicht in den Kreis. Röte die Wangen leicht mit dem Buntstift.

**3.** Schneide einen ungefähr 8 cm breiten Kragen aus einem grünen Tonkarton.

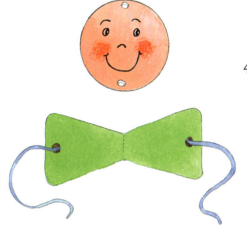

**4.** Loche das Gesicht in der Mitte der Stirn und am Kinn.

Loche den Kragen an den beiden Seiten.

Ziehe ein Stück Bastwolle oder ein Geschenkband durch den Kragen.

**5.** Lege dein Geschenk in die Serviette und binde den Kragen zu.

**6.** Verknote Bastwolle an der Stirn und dem Kinn.

**7. Und zum Schluss:**

Klebe das Gesicht auf den Kragen.

Fertig!

# Die Sterntaler

Es war einmal ein kleines Mädchen, dessen Vater und Mutter gestorben waren, und es war so arm, dass es kein Kämmerchen mehr hatte, darin zu wohnen, und kein Bettchen mehr, darin zu schlafen, und endlich gar nichts mehr als die Kleider auf dem Leib und ein Stückchen Brot in der Hand, das ihm ein mitleidiges Herz geschenkt hatte.

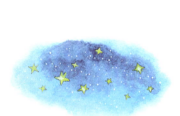

Es war aber gut und fromm. Und weil es so von aller Welt verlassen war, ging es im Vertrauen auf den lieben Gott hinaus ins Feld.

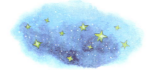

Da begegnete ihm ein armer Mann, der sprach: „Ach, gib mir etwas zu essen, ich bin so hungrig!" Es reichte ihm das ganze Stückchen Brot und sagte: „Gott segne dir's", und ging weiter.

Da kam ein Kind, das jammerte und sprach: „Es friert mich so an meinem Kopfe, schenk mir etwas, womit ich ihn bedecken kann!" Da tat es seine Mütze ab und gab sie ihm.

Und als es noch eine Weile gegangen war,
kam wieder ein Kind und hatte kein Leibchen
an und fror, da gab es ihm seins;
und noch weiter, da bat eins um ein
Röcklein, das verschenkte das Mädchen auch.

Endlich gelangte es in einen dunklen Wald,
und es war schon dunkel geworden;
da kam noch ein Kind und bat um ein
Hemdlein, und das fromme Mädchen dachte:
Es ist dunkle Nacht, da sieht dich niemand,
du kannst wohl dein Hemd weggeben,
und zog das Hemd ab und gab es auch noch her.

Und wie es so stand und gar nichts mehr hatte,
fielen auf einmal die Sterne vom Himmel und
waren lauter harte, blanke Taler, und ob es gleich
sein Hemdlein weggegeben, so hatte es ein neues an,
und das war vom allerfeinsten Stoff.
Da sammelte es sich die Taler hinein
und war reich für sein Lebtag.

# Advent, Advent ...

Advent, Advent,

ein Lichtlein brennt.

Erst eins, dann zwei,

dann drei, dann vier ...

... Dann steht das Christkind

vor der Tür!

Volksgut

# So sieht mein Wunschzettel schön aus!

**Du brauchst:**

Tonkarton/Pappe im Format DIN A4

Geschenkband aus Stoff

Glitzersterne, Glitzergelstifte

Buntstifte, Filzstifte

Bleistift

Klebstoff

Geodreieck oder Lineal

Schere

Hm, sehr schön!

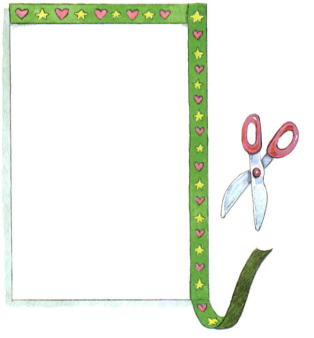

**1.** Nimm dir eine stabile Pappe. Klebe das Geschenkband aus Stoff an die Ränder der Pappe.

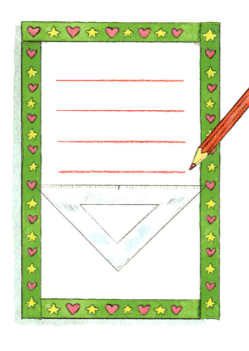

**2.** Zeichne mithilfe eines Geodreiecks oder eines Lineals parallele Linien auf das Papier.

**3.** Zeichne mit einem Bleistift Weihnachtsmotive vor. Male sie mit Filzstiften und Buntstiften aus.

**4. Zum Schluss:** Klebe Glitzersterne als Deko auf. Tolle Effekte kannst du auch mit einem Glitzergelstift erzielen.

Jetzt musst du nur noch deine Wünsche in Schönschrift aufschreiben.

# Der schönste Weihnachtsbaum

Meine kleine Schwester Sarah liebt ihren großen Adventskalender. Jeden Morgen öffnet sie voller Freude ein neues Türchen. Sie zeigt mir immer, was sie am jeweiligen Tag bekommen hat. Ein kleines Glöckchen, eine Plätzchenform, eine duftende Kerze …

Auch heute kommt sie mit dem Tages-Inhalt zu mir: „Guck mal, Tom, ein Schokoladentäfelchen mit einem Weihnachtsbaum drauf!" – „Super, Sarah, zeig das doch Mama und Papa!" Sarah läuft zu unseren Eltern. Mama schmunzelt.

„Das passt ja gut zum heutigen Tag, Sarah." – „Warum, Mama?"

Papa antwortet an ihrer Stelle: „Weil wir heute unseren Weihnachtsbaum kaufen!" Sarah springt vor Freude in die Höhe: „Juhuuuu!" Ich bin genauso entzückt wie Sarah, denn wir kaufen unseren Weihnachtsbaum jedes Jahr im Wald bei einem Forsthaus – und dort gibt es immer viel zu sehen und zu erleben!

Bevor Papa mit uns zum Forsthaus fährt, bekommt er von Mama letzte Anweisungen: „Bringt eine schöne Nordmann-Tanne mit. Nicht zu klein, aber auch nicht zu groß, damit wir oben nicht die Spitze kappen müssen, wie letztes Jahr. Und schön voll muss der Baum sein und gerade gewachsen! Und der Stamm darf nicht zu dick sein, sonst passt er nicht in den Tannenbaumständer …"
Papa lacht und gibt Mama einen Kuss. „Bis später, mein Schatz!"

Das Forsthaus liegt auf einer großen Lichtung mitten im Wald. Der Weg dorthin ist so rumpelig, dass wir auf der Rückbank in die Höhe hüpfen. „Schau mal, dort läuft ein Hase!", ruft Sarah aufgeregt. Schwupps – ist der Hase im Gebüsch verschwunden.
Beim Forsthaus ist viel los. Wir sind nicht die einzige Familie, die noch einen Weihnachtsbaum braucht.

„Guck mal, da ist Laura!", jubelt Sarah und rennt auf ein Mädchen zu. „Laura und ich sind die Weihnachtsengel im Krippenspiel." Vor dem Forsthaus stehen kleine Buden. Hier kann man Glühwein trinken, Spielzeug aus Holz kaufen oder Pfannkuchen essen. Papa spendiert uns zwei leckere Pfannkuchen mit Zimt und Zucker. Laura kommt mit ihren Eltern dazu. „Lauras Mama näht unsere Engels-Kostüme!", nuschelt Sarah, sie hat den Mund voller Pfannkuchen. Papa lacht: „Sarah, auch Weihnachtsengel sollten nicht mit vollem Mund sprechen!" Papa schaut auf seine Uhr. „Die Zeit drängt, lasst uns den Baum aussuchen." Sarah und ich kennen den Weg. Hinter dem Forsthaus stehen Holzgestelle in Reih und Glied. An diesen Gestellen lehnen die Bäume, in allen Größen und Formen. Aber welcher Baum ist UNSER Weihnachtsbaum? Denn unser Weihnachtsbaum muss der schönste der Welt sein! Papa seufzt und stürzt sich zwischen die Tannenbäume. Er zieht einen heraus und stellt ihn vor uns hin. „Was meint ihr?", fragt Papa uns. „Der ist toll!", ruft Sarah, aber Sarah findet alle Bäume toll. „Ich glaube, der hat oben zu wenig Zweige", murmelt Papa und stellt ihn wieder zurück. Der zweite Baum nadelt schon gewaltig, Papa stellt auch den wieder zurück. „Wenn wir den auf das Autodach schnallen, hat der zu Hause keine Nadeln mehr." Beim zehnten Baum sind wir uns alle sicher: Der ist es!

Was jetzt kommt, lieben Sarah und ich besonders: Der Baum wird durch eine Röhre gezogen und ihm wird ein Netz übergestülpt. Das geht so schnell, und plötzlich ist der breite Baum ganz dünn und schmal gepresst. Sarah fragt den Waldarbeiter: „Kommt der Baum aus diesem Wald?" Der Waldarbeiter lächelt Sarah an und sagt: „Nein, den haben wir aus Dänemark geholt. Es werden mehr Weihnachtsbäume verlangt, als wir im Wald fällen können. Aber seht ihr das große Feld mit den kleinen Tannen dort hinten? Dort züchten wir Weihnachtsbäume, die in zehn Jahren groß genug sind. Dann kommen fast alle Weihnachtsbäume aus unserem eigenen Wald."

Papa schultert den Tannenbaum im Netz und trägt ihn zu unserem Auto. Er zurrt ihn auf dem Autodach fest, und wir fahren langsam den rumpeligen Waldweg zurück. Sarah späht angestrengt durch das Autofenster, aber den Hasen sieht sie nicht mehr. „Der feiert jetzt tief im Wald Weihnachten mit seiner Hasenfamilie", sagt Papa. „Wie viele Weihnachtsengel gibt es denn in eurem Krippenspiel?", frage ich Sarah. Mein Schwester platzt fast vor Stolz: „Nur Laura und mich! Wir dürfen sogar ein Lied singen!" Sarah singt uns ihr Lied mit allen Strophen vor. Als sie schließlich fertig ist, sind wir zu Hause angekommen. Papa trägt den Baum ins Wohnzimmer und stellt ihn in den Tannenbaumständer. Er passt perfekt. Und die Spitze muss Papa auch nicht kappen, wie im Jahr zuvor. Dann steigt Papa auf die Leiter und schneidet das Netz auf. Langsam klappt der Baum seine Zweige auseinander, und er steht in seiner ganzen Pracht da. Mama atmet tief ein: „Riecht ihr das? Der Baum bringt Waldluft in unser Zimmer! Es riecht nach Tanne, Schnee und frischer Luft." Mama gibt Papa einen Kuss. „Das habt ihr wunderbar gemacht. Wir haben dieses Jahr den schönsten Weihnachtsbaum der Welt!"

# Der Bratapfel

Kinder, kommt und ratet,
was im Ofen bratet!
Hört, wie's knallt und zischt.
Bald wird er aufgetischt,
der Zipfel, der Zapfel,
der Kipfel, der Kapfel,
der gelbrote Apfel.

Kinder, lauft schneller,
holt einen Teller,
holt eine Gabel!
Sperrt auf den Schnabel
für den Zipfel, den Zapfel,
den Kipfel, den Kapfel,
den goldbraunen Apfel!

Sie pusten und prusten,

sie gucken und schlucken,

sie schnalzen und schmecken,

sie lecken und schlecken

den Zipfel, den Zapfel,

den Kipfel, den Kapfel,

den knusprigen Apfel.

Bayerisches Volksgut

# Das Rentier mit der roten Nase

Nach langem Warten ist nun endlich Heiligabend. Der große Augenblick der Bescherung ist da. Lasse und Leon stürzen sich mit lautem Jubelgeschrei auf ihre Geschenke. „Ob ich meine Mini-Autorennbahn bekomme?", denkt Leon. „Ich habe so viel auf meinen Wunschzettel geschrieben, aber am liebsten hätte ich den Chemie-Baukasten zum Experimentieren", denkt Lasse. „Mal sehen, ob der Weihnachtsmann die richtigen Geschenke besorgt hat", lacht die Mutter. Doch ihr Lachen bricht plötzlich ab, als sie die langen Gesichter ihrer Söhne sieht. Leon hält ratlos sein Geschenk in die Höhe. „Eine Supermodel-Puppe mit 10 Glitzerkleidern, Haarteilen und Handtaschen? Hast du dir das gewünscht?" Leon schüttelt den Kopf. „Ich wollte eine Mini-Autorennbahn." Auch Lasse wundert sich über sein Geschenk. „Ein Prinzessinnen-Traumhaus mit Schaum-Badewanne?" Ihr Vater seufzt: „Oh weh, da ist dem Weihnachtsmann wohl ein Fehler unterlaufen!"

Plötzlich klingelt es an der Tür. „Wer kann das sein, so spät am Heiligabend?", wundert sich die Mutter. Der Vater geht zur Haustür. Er hört von draußen ein gewaltiges Niesen, dann eine tiefe Männerstimme, die sagt: „Du bist schuld, wegen deiner Erkältung ist dieser ganze Schlamassel passiert. Jetzt schnaub mal hier rein." Der Vater hört ein mächtiges Tröten. Er öffnet die Haustür, und dort steht der Weihnachtsmann. Hinter ihm grinst ein Rentier mit einer roten Nase.

„Schatz, hast du einen Weihnachtsmann für die Kinder engagiert?", fragt der Vater unsicher. Der Weihnachtsmann lacht. „Oh nein, guter Mann, ich bin es wirklich. Darf ich kurz hereinkommen und ein paar bedauerliche Irrtümer aufklären?" Das Rentier verzieht das Gesicht. „Ha… Ha… Ha…" Der Weihnachtsmann hält dem Rentier ein großes Handtuch vor die Nase. „Achtung, gleich niest er!" „…TSCHIEEEEEE!"

Lasse, Leon und ihre Mutter staunen nicht schlecht, als der Weihnachtsmann mit dem erkälteten Rentier ins Wohnzimmer kommt. „So etwas ist mir in 1000 Jahren nicht passiert!", seufzt der Weihnachtsmann und sinkt erschöpft in einen Sessel. „Ausgerechnet am Heiligabend ist Rudolph krank. Aber er wollte unbedingt den Schlitten mit den Geschenken ziehen, hätte ich ihn bloß zu Hause am Nordpol gelassen!" – „ÖÖÖÖÖÖÖRL!", röhrt Rudolph, das Rentier. „Kaum sind wir in der Luft, niest er wie verrückt, Geschenke fallen aus dem Schlitten und es gibt einen großen Wirrwarr. Deswegen lagen für euch, Leon und Lasse, die falschen Geschenke unter dem Christbaum. Die Schwestern Emma und Emilie aus dem Nachbarhaus haben euren Chemie-Baukasten und die Mini-Autorennbahn bekommen."

„HAAAAAAATSCHIIIIIIIIEEEEEEEEE!" Ein gewaltiges Niesen von Rudolph lässt das Haus erzittern. Aus dem Tannenbaum kullern ein paar Kugeln.

„Der Arme ist wirklich krank, ich mache ihm einen Erkältungstee", sagt Mutter.

„Komm mal mit in die Küche, Rudolph!" Der Vater schenkt dem Weihnachtsmann ein großes Glas Gewürzpunsch ein. „Danke, guter Mann! Jetzt müssen die Kinder nur noch Geschenke tauschen!", sagt der Weihnachtsmann. Wieder klingelt es an der Tür. „Ich bin nicht da!", stöhnt der Weihnachtsmann.

Vor der Tür stehen Emma und Emilie, die beiden Schwestern aus dem Nachbarhaus.

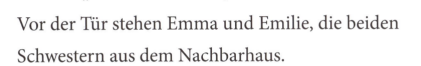

Emma sagt: „Wir haben gesehen, dass der Weihnachtsmann vor eurem Haus gelandet ist. Dürfen wir hereinkommen?" Aus der Küche hört man gewaltiges Schlürfen und dann ein zufriedenes: „ÖÖÖÖÖÖÖÖÖHRG!" – „Das ist nur Rudolph, mein Rentier. Keine Angst, Kinder!", beruhigt sie der Weihnachtsmann. „Jetzt könnt ihr Geschenke tauschen, und alles wird gut!" Leon macht den Anfang: „Hier ist eine Supermodel-Puppe mit 10 Glitzerkleidern!" Emilie freut sich. „Super! Und hier ist eine Mini-Autorennbahn zum Tausch." Auch das Prinzessinnen-Traumhaus mit Schaum-Badewanne und der Chemie-Baukasten werden ausgetauscht. „Ich bin so froh, dass jedes Kind die richtigen Geschenke bekommen hat", jubelt der Weihnachtmann. „Aber jetzt müssen wir weiter!"

Der Weihnachtsmann holt Rudolph aus der Küche. „Dir geht es ja schon viel besser, mein Kleiner. Der Erkältungs-tee hat geholfen!" Der Weihnachtsmann steigt auf den Rücken des Rentiers. Rudolph galoppiert fröhlich in den Schnee hinaus. „Hohoho!", jubelt der Weihnachtsmann.

„ÖÖÖÖÖÖÖÖÖÖHRG!", röhrt Rudolph. Sie schauen den beiden hinterher, bis sie in der Dunkelheit verschwunden sind. „Ich glaube, da hinten fliegen sie über den Tannenwipfeln!", ruft die Mutter. „Und jetzt muss ich meine Küche aufräumen, Rudolph hat eine schöne Unordnung hinterlassen!" Diesen Heiligabend wird bestimmt niemand so schnell vergessen …

# Die Heil'gen Drei Könige aus dem Morgenland

Die Heil'gen Drei Könige aus dem Morgenland,

sie frugen in jedem Städtchen:

„Wo geht der Weg nach Bethlehem,

ihr lieben Buben und Mädchen?"

Die Jungen und Alten, sie wussten es nicht,

die Könige zogen weiter,

sie folgten einem goldenen Stern,

der leuchtete lieblich und heiter.

Der Stern blieb steh'n über Josefs Haus,

da sind sie hineingegangen;

das Öchslein brüllte, das Kindlein schrie,

die Heil'gen Drei Könige sangen.

Heinrich Heine

# Weihnachtsbräuche in Deutschland

### Der Weihnachtsbaum

Einen schön geschmückten Tannenbaum in die Wohnung zu stellen, ist ein typischer Weihnachtsbrauch. Jedes Jahr kaufen Kinder mit ihren Eltern einen Weihnachtsbaum.

Diese Tradition gibt es seit ungefähr 400 Jahren.

Woher dieser Brauch kommt, weiß man nicht genau. In Deutschland wurden schon seit langer Zeit Bäume festlich geschmückt – zum Beispiel im Frühling der Maibaum. Vielleicht ist aber auch diese Legende wahr: Es war am Heiligabend in einer sternenklaren Nacht. Martin Luther ging durch einen Tannenwald nach Hause. Er blieb einen Moment stehen und schaute durch die grünen, verschneiten Tannenzweige zu den funkelnden Sternen hinauf. Das fand er so schön, dass er für seine Familie einen Baum in die Stube stellte und ihn mit brennenden Kerzen schmückte. So hatte die Familie das Tannengrün und statt der funkelnden Sterne die brennenden Kerzen im Zimmer. Eines wissen wir heute aber genau: Von Deutschland aus verbreitete sich der Weihnachtsbaum in die ganze Welt.

## Der Adventskranz

Vor ungefähr 180 Jahren gab es in der Nähe von Hamburg ein altes Bauernhaus.

Dort kümmerte sich der Lehrer Johann Hinrich Wichern um arme Kinder.

In den Wochen vor Heiligabend fragten die Kinder den Lehrer ständig:

„Wann ist endlich Weihnachten?" Da baute Wichern ihnen einen „Kalender":

Er schmückte ein großes Wagenrad mit Tannenzweigen, dann befestigte er

24 Kerzen darauf: 20 rote Kerzen für die Wochentage und 4 weiße Kerzen

für die Sonntage. Ab dem ersten Dezember wurde jeden Tag eine Kerze mehr

angezündet. Die Kinder sahen nun, wie lange es noch bis zum Weihnachtsabend

dauerte. Heute sind nur die vier großen Kerzen übrig geblieben. An jedem

Advents-Sonntag zünden wir eine neue Kerze an.

### Der Nikolausstiefel

Am Morgen des sechsten Dezember ist dein frisch geputzter Stiefel mit Süßigkeiten und kleinen Geschenken gefüllt. Der sechste Dezember ist der Todestag des Heiligen Nikolaus. Der Heilige Nikolaus lebte vor über 1700 Jahren in der heutigen Türkei. Er erbte von seinen Eltern ein großes Vermögen, das er an die Armen verschenkte. Um sein Leben ranken sich viele Legenden. Vielleicht ist diese alte Geschichte der Grund, warum wir unsere Stiefel füllen: Ein Vater hatte zwei Töchter, die er verheiraten wollte. Doch leider hatte der Vater nicht genug Geld, und die armen Mädchen wollte niemand zur Frau nehmen. Dem Heiligen Nikolaus taten die beiden jungen Frauen leid. In der Nacht warf Nikolaus heimlich Goldklumpen in die Stube der Schwestern. Diese Goldklumpen landeten zufällig in ihren Schuhen. Als die Schwestern am nächsten Morgen erwachten, war ihre Freude groß! Die beiden jungen Frauen waren nun reich und konnten sich einen netten Ehemann auswählen.

## Der Barbara-Zweig

Jedes Jahr am vierten Dezember ist Barbara-Tag.

Zur Erinnerung an die heilige Barbara schneiden wir Zweige von Bäumen und Sträuchern ab, meistens Kirschzweige. Diese Zweige stellen wir in eine Vase in unsere warmen Zimmer und dekorieren sie mit Süßigkeiten, Selbst-Gebasteltem und anderem Schmuck. In der Wärme glaubt der Kirschzweig oft, es ist Frühling, und beginnt zu blühen. Kirschblüten mitten im kalten Winter, das bringt Glück für das nächste Jahr. Besonders viel Glück hast du, wenn dein Zweig genau am Heiligabend seine Blüten öffnet.

Vielleicht waren auch die Barbara-Zweige Vorläufer unseres geschmückten Weihnachtsbaumes.

# Wichteln

Heute wird zum ersten Mal im Kindergarten „gewichtelt". Im Korb liegen viele bunte, gefaltete Papierzettel, auf denen die Namen der Kinder geschrieben sind. „So, Max, greif hinein und nimm dir einen …", sagt die Erzieherin. Max wühlt sich durch den Papierberg und nimmt einen gelben Zettel heraus. „Du darfst nicht verraten, welcher Name darauf steht!", ermahnt die Erzieherin Max. „Für dieses Kind darfst du dir jetzt ein Geschenk überlegen." Max entfaltet den Zettel. Die Erzieherin flüstert ihm den Namen, der auf dem Zettel steht, leise ins Ohr: „Sami!" Max seufzt. Das ist blöd! Sami ist ein Junge, der letzte Woche neu in den Kindergarten gekommen ist. Max kennt ihn nicht gut, was soll er ihm bloß schenken? Für die anderen Kinder seiner Gruppe wäre Max schnell ein Geschenk eingefallen: Sein bester Freund Theo spielt am liebsten mit Puzzles, Mara baut aus Bauklötzen die unglaublichsten Gebäude, Leonie freut sich über große, bunte Blöcke aus Knetgummi und Nick verkleidet sich gern – er kommt oft in einem Kostüm in den Kindergarten! Heute trägt er zum Beispiel einen Cowboyhut und einen Patronengürtel mit Lederfransen. Da hat Max eine Super-Idee: „Ich hab ja noch ein paar Tage Zeit! Ich werde Sami ganz unauffällig beobachten, vielleicht fällt mir dann ein, was ich ihm schenken kann!"

Am nächsten Tag hat Max gleich eine gute Gelegenheit, sich mit Sami zu unterhalten. Die Erzieherin stellt alle Kinder zu zweit in einer Reihe auf. Durch Zufall steht Max genau neben Sami. „Heute gehen wir zum Wildgehege und füttern die Wildschweine!", sagt die Kindergärtnerin. „Bleibt schön zusammen!" – „Das wird lustig", sagt Max zu Sami. „Die Wildschweine kommen bis an den Zaun, vielleicht sehen wir sogar Rehe!" – „Ich habe noch nie Wildschweine gesehen!", antwortet Sami. Die Kinder gehen vergnügt hinter ihrer Erzieherin her. Max und Sami unterhalten sich die ganze Zeit. „Die Wildschweine sind aber schmutzig!", lacht Sami. Max hat für die Fütterung Kastanien gesammelt, er wirft ein paar über den Zaun. Die Schweine machen sich sofort grunzend darüber her. „So, jetzt du!", sagt Max. Sami nimmt eine Kastanie, Max stutzt. Sami ist unheimlich geschickt mit den Händen. Er fordert Max auf: „Siehst du diese Kastanie? Jetzt ist sie hier, und – Simsalabim – plötzlich ist sie weg!" Max bleibt vor Staunen der Mund offen stehen. „Und – Abrakadabra – da ist sie wieder!" Sami zieht die Kastanie hinter Max' Ohr hervor. „Das ist ja Zauberei!" Sami errötet etwas. „Das ist nur ein Trick, soll ich ihn dir zeigen? Wenn ich groß bin, will ich ein richtiger Magier werden und im Zirkus auftreten!" Da weiß Max, was er Sami schenken wird!

Ein paar Tage später liegen alle Geschenke mit Namensschildchen versehen auf dem großen Tisch im Kindergarten. „Die Wichtel haben für jedes Kind ein Geschenk dagelassen!", ruft die Erzieherin. „Viel Spaß beim Auspacken!" Alle Kinder sind aufgeregt und stürzen sich auf die Pakete. Max packt seins aus: Toll, ein kleines Raumschiff zum Zusammenbauen! Das hatte er sich schon lange gewünscht. Max beobachtet Sami, als er sein Geschenk öffnet. Samis Gesicht leuchtet vor Freude – Max hat ihm einen Zauberstab und einen selbst gebastelten Zauberhut geschenkt. Plötzlich steht Sami im Mittelpunkt, er zaubert den anderen Kindern etwas vor. Als aus seinem Zauberstab bunte Blumen sprießen, klatschen alle Beifall. Sami zwinkert Max zu. Ob er ahnt, von wem sein Wichtelgeschenk kommt? Max ist so froh, dass er Samis Namen gezogen hat. Jetzt sind sie gute Freunde geworden!

# Der Traum

Ich lag und schlief, da träumte mir

ein wunderschöner Traum:

Es stand auf unserm Tisch vor mir

ein hoher Weihnachtsbaum.

Und bunte Lichter ohne Zahl,

die brannten ringsumher,

die Zweige waren allzumal

von goldnen Äpfeln schwer.

Und Zuckerpuppen hingen dran:

Das war mal eine Pracht!

Da gab's, was ich nur wünschen kann

und was mir Freude macht.

Und als ich nach dem Baume sah

und ganz verwundert stand,

nach einem Apfel griff ich da,

und alles, alles schwand.

Da wacht' ich auf aus meinem Traum

und dunkel war's um mich:

du lieber, schöner Weihnachtsbaum,

sag an, wo find' ich dich?

Da war es just, als rief' er mir:

„Du darfst nur artig sein,

dann steh ich wiederum vor dir –

jetzt aber schlaf nur ein!

Und wenn du folgst und artig bist,

dann ist erfüllt dein Traum,

dann bringet dir der Heil'ge Christ

den schönsten Weihnachtsbaum."

August Heinrich Hoffmann von Fallersleben

# Nussknacker und Mäusekönig

### nach E.T.A. Hoffmann

Heute ist Weihnachten! Marie und ihr kleiner Bruder Fritz schauen durch die vereisten Fenster auf die Straße. Schneeflocken wirbeln so dicht durch die Luft, dass sie ihren Onkel Drosselmeier draußen vor dem Hauseingang kaum sehen können. Es klingelt, und ein Diener öffnet die hohe Tür. Onkel Drosselmeier tritt in die Eingangshalle, er schüttelt sich den Schnee vom Mantel und winkt seinen Patenkindern zu. „Marie, mein liebes Mädchen! Und da ist ja auch der muntere Fritz! Frohe Weihnachten, liebe Kinder!" – „Frohe Weihnachten, Onkel Drosselmeier", antwortet Marie brav. Fritz hat jedes Benehmen vergessen: „Wo sind unsere Geschenke?" Er zerrt an Onkel Drosselmeiers Mantel. Hat der Onkel nicht etwas darunter versteckt? Marie schämt sich mal wieder für ihren Bruder. Doch Onkel Drosselmeier lacht: „Geduld, natürlich habe ich euch etwas mitgebracht, etwas sehr Feines, das kunstfertig aus Holz geschnitzt ist." Er zieht eine bunte Holzfigur unter seinem Mantel hervor. „Das ist ja nur ein langweiliger Nussknacker, ich wollte Spielzeugsoldaten!", tobt Fritz. Er nimmt den Nussknacker und wirft ihn zornig auf den Steinboden der Halle. RUMMMS! Der schöne Holz-Nussknacker zersplittert in mehrere Teile. Onkel Drosselmeiers Gesicht sieht plötzlich gar nicht mehr fröhlich aus. Marie muss weinen, als sie die zerschmetterte Holzfigur sieht. „Oh bitte, Onkel Drosselmeier, kann man den Nussknacker nicht reparieren?", fleht Marie.

Onkel Drosselmeier wendet sich von den Kindern ab und geht in das große Zimmer zum geschmückten Weihnachtsbaum. „Marie, wenn du ihn reparieren willst, musst du es selber tun!", antwortet er. Marie sammelt die Einzelteile des Nussknackers auf und legt sie in ein Puppenbettchen. Das Puppenbettchen stellt sie zu den anderen Geschenken unter den Weihnachtsbaum.

Als das Weihnachtsfest vorüber ist und alle Gäste gegangen sind, schleicht sich Marie zu dem Nussknacker zurück. Traurig schaut sie auf die kaputten Arme und Beine des Nussknackers. Sie seufzt: „Wie soll ich den bloß wieder heil machen?" Im Kamin lodert noch ein kleines Feuer. Die Luft ist warm und Marie fallen die Augen zu. Sie legt sich neben den Nussknacker schlafen.

Die Uhr auf dem Kamin schlägt Mitternacht und Marie erwacht. Im Haus ist es ganz still. Das Feuer ist heruntergebrannt, nur ein schwaches Glühen der Holzscheite erhellt noch das Zimmer. Marie ist plötzlich hellwach – was ist das? Hinter dem Weihnachtsbaum schaut eine riesige Maus hervor. Diese Maus trägt eine Krone und hält ein Schwert in der Pfote. „Das muss ein Mäusekönig sein", denkt Marie – sie hat große Angst. Hinter dem Mäusekönig drängen viele kleinere Mäuse – bevor Marie richtig begreift, was geschehen ist, hat man sie umzingelt. Doch Marie ist nicht allein: Der Nussknacker ist plötzlich wieder heil. Er springt aus seinem Puppenbettchen und stellt sich zwischen Marie und den Mäusekönig mit seiner Armee. Jetzt zückt der Nussknacker sein Schwert, er kämpft tapfer, aber die Mäuse sind in der Überzahl. Sie reißen ihn zu Boden, der Mäusekönig lacht höhnisch und kommt näher auf sie zu.

Da streift Marie einen Schuh vom Fuß und wirft ihn dem Mäusekönig an den Kopf. Der Mäusekönig verliert seine Krone und schrumpft auf die Größe einer normalen Maus. Der Zauber ist gebrochen, die Mäuse haben den Kampf verloren und kriechen fiepsend in ihre Mäuselöcher zurück. Da hört Marie eine Stimme: „Du hast mich gerettet, liebe Marie!" Der Nussknacker kann sprechen! Und er sieht auch gar nicht mehr wie der kleine Holz-Nussknacker aus. Marie steht vor einem netten Jungen in ihrem Alter, nur seine bunte Uniform erinnert noch an die bemalte Holzfigur.

„Marie, ich bin ein verwunschener Prinz. Eine böse Fee hat mich in einen hölzernen Nussknacker verwandelt und mit einem Fluch belegt: Du sollst ein hölzerner Nussknacker sein und deine Nahrung hart wie Stein, bis ein Mädchen dich in ihr Herz schließt, für dich Mut zeigt und Tränen vergießt. Beide Bedingungen hast du erfüllt: Du hast um mich geweint und deinen Schuh mutig nach dem Mäusekönig geworfen. So ist der Fluch gebrochen, ich habe meine alte Gestalt angenommen und kann in das Königreich meines Vaters zurückkehren."

Marie ist verwirrt von der fantastischen Geschichte: „Du bist ein Prinz? Wie heißt dein Königreich und wo liegt es? Jetzt lässt du mich sicher alleine!" Der Prinz nimmt Maries Hand und beruhigt sie: „Du kommst natürlich mit mir, Marie. Mein Vater ist der Herrscher der Süßigkeiten und sein Reich liegt gleich hinter dem Mond. Folge mir und hab keine Angst." Marie und der Prinz treten vor das Haus. Im Mondlicht sieht Marie einen großen Schwan mit glitzerndem Gefieder. Der Schwan breitet seine Flügel aus, Marie und der Nussknacker-Prinz kuscheln sich in das warme, weiche Schwanengefieder.

„Halte dich gut fest, jetzt fliegen wir bis hinter den Mond!" Marie schließt die Augen, sie fliegen immer höher und höher. Als sie vorsichtig blinzelt, ist das Haus, die Straße und die verschneite Stadt weit unter ihnen verschwunden.

Sie fliegen endlos durch dicke Wolken und nachtschwarzen Himmel. Plötzlich sieht Marie einen bunten Fleck immer näher kommen, schon erkennt sie ein Schloss, grüne Wiesen, sie hört das freudige Läuten von Glocken. „Man hat uns gesehen, die Glocken läuten dir zu Ehren, Marie!", jubelt der Prinz. Das Land der Süßigkeiten ist herrlich! Marie weiß vor Staunen gar nicht, wo sie zuerst hinschauen soll: Das Schloss ist ganz aus Marzipan, die Springbrunnen sprudeln Limonade, ihr Schwan landet in einem See aus Sirup. Der König eilt mit ausgebreiteten Armen auf sie zu: „Mein Sohn, endlich habe ich dich wieder! Wie groß du geworden bist! Und du hast die tapfere Marie mitgebracht, euch zu Ehren gibt es ein großes Festmahl, alle sind gekommen!"

Die Zuckerfee führt Marie und den Prinzen an ihre Ehrenplätze. Alle Gäste erheben sich und applaudieren Marie, der Retterin des Prinzen. Die Zuckerfee setzt Marie ein Krönchen aus Puderzucker auf den Kopf. „Marie, du bist ab heute unsere Prinzessin der Süße!" Ein Orchester spielt fröhliche Musik, und niemanden hält es mehr auf seinem Platz. Lebkuchenfrau und Lebkuchenmann drehen sich im wilden Tanz, die Zuckerfee und der König der Süßigkeiten drehen ausgelassene Runden, spanische Flamenco-Tänzer aus Schokolade klappern mit den Kastagnetten und orientalische Kaffeekannen lassen im Bauchtanz ihre Rundungen kreisen.

Marie feiert ausgelassen mit ihren Freunden im Reich der Süßigkeiten. Doch sie weiß, dass sie wieder nach Hause muss, zu ihren Eltern und ihrem wilden, kleinen Bruder Fritz. Marie verabschiedet sich von allen. „Wir werden dir ewig dankbar sein!", ruft der König Marie nach. Der Prinz geleitet Marie zum Schwan und deckt sie mit dessen Federn zu. „Für mich wirst du immer mein Nussknacker sein …", murmelt Marie schläfrig. Der Schwan trägt sie durch die Nacht davon, Marie schläft tief und fest. Sie erwacht von einem Geräusch. Es klingelt. Sie schaut sich um. Sie liegt unter dem Tannenbaum, neben sich sieht sie den zerbrochenen Nussknacker in seinem Puppenbettchen. Marie seufzt: „Wie schade, es war alles nur ein schöner Traum!"

Es klingelt wieder an der Eingangstür. Vielleicht schlafen die Diener noch? Marie eilt in die Halle und klopft sich die Tannennadeln vom Kleid. Sie öffnet die Tür, dort stehen Onkel Drosselmeier und … der Prinz aus dem Reich der Süßigkeiten, nur in normaler Kleidung! Onkel Drosselmeier schiebt den Jungen lachend ins Haus. „Marie, darf ich dir meinen Neffen vorstellen?" Der Junge gibt Marie eine Tüte und sagt: „Ich habe dir ein paar Nüsse mitgebracht, ohne Schale. Ich habe sie selbst geknackt." Marie schaut den Jungen an. Der grinst übers ganze Gesicht und zwinkert Marie verschwörerisch zu.

Onkel Drosselmeier lacht: „Ich wusste, dass ihr euch gut verstehen würdet!"

Und so begann am ersten Weihnachtstag ein neues, glückliches Leben für Marie.

# So schmückst du den Baum mit Papierkugeln!

**Du brauchst:**
bunte Papierbögen
Lineal oder Geodreieck
Bleistift, Schere
Klebstoff, Garnfaden

**1.** Lege vier bunte Papierblätter übereinander.

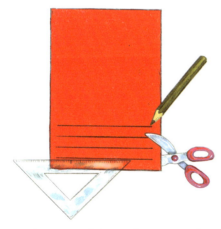

**2.** Zeichne auf das oberste Blatt vier parallele Linien, die alle 1 cm Abstand voneinander haben. Schneide die Papiere entlang der Linien ab.

**3.** Jetzt hast du je vier Streifen in vier Farben, also 16 Streifen insgesamt. Markiere dir mit einem Bleistift den genauen Mittelpunkt der Streifen.

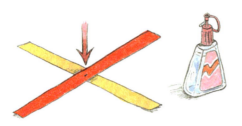

**4.** Lege den ersten Streifen hin und kleckse ein wenig Klebstoff genau in die Mitte. Nimm einen zweiten Streifen in einer anderen Farbe und klebe ihn so wie im Bild auf den unteren Streifen. Die beiden Mittelpunkte müssen genau übereinander liegen.

**5.** Klebe vier Streifen so zusammen, auch bei den nächsten beiden Streifen müssen die Mittelpunkte übereinander liegen. Nimm die beiden Enden eines Streifens und führe sie in der Mitte zusammen. Die Teile müssen sich etwas überlappen. Klebe sie dann zusammen.

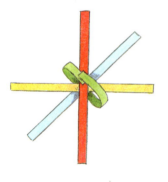

**6.** Klebe jetzt die anderen Streifen genauso zusammen. Kleckse dafür immer etwas Klebstoff auf das untere Streifenende.

**7.** Wenn alle Ringe fertig geklebt sind, sieht die Papierkugel so aus. Jetzt musst du nur noch einen Faden durchziehen, und du kannst deinen Papierschmuck in den Weihnachtsbaum hängen.

# Knecht Ruprecht

Von drauß vom Walde komm ich her.

Ich muss euch sagen, es weihnachtet sehr!

Allüberall auf den Tannenspitzen

sah ich goldene Lichtlein blitzen.

Und droben aus dem Himmelstor

sah mit großen Augen das Christkind hervor.

Und wie ich so strolcht'

durch den finsteren Tann,

da rief's mich mit heller Stimme an:

„Knecht Ruprecht", rief es, „alter Gesell,

hebe die Beine und spute dich schnell!"

Theodor Storm

# Im Stall

Der Bauernhof liegt unter dichtem Schnee. Am nachtblauen, klaren Himmel funkeln die Sterne. Alles ist still, nur aus dem Stall kommen noch Geräusche und Laute. Es sind die Tiere, die sich unterhalten. Wenn du einen Blick durch das Stallfenster wirfst, wirst du sie hier alle friedlich versammelt sehen. Der Hofhund Benno hat das Wort: „Ihr wisst, heute ist die besondere Nacht, die Menschen werden beschäftigt sein." – „Sie nennen es Weihnachten!", schnattert die Gans Emilia. Der Kater Felix streckt sich gelangweilt auf einem Balken aus und vergräbt seine scharfen Krallen im Holz. Felix gähnt und maunzt: „Sie haben wieder einen Tannenbaum ins Wohnzimmer gestellt und Kerzen angezündet.

Nachher bekomme ich zur Feier des Tages eine Extra-Portion Futter, lecker!"
Als der alte Hengst Gustav spricht, schweigen alle ehrfürchtig und hören ihm
zu: „Ja, heute ist ein besonderer Tag, auch für uns Tiere. Denn heute Abend
herrscht Frieden zwischen uns. Die Katzen jagen nicht die Mäuse, der Hund
verträgt sich mit der Katze und der Hahn hackt nicht auf seinen Hühnern
herum." – „Hört, hört!", gackert eine Henne aus der Tiefe des Stalls. Die Tiere lachen, und für Menschenohren klingt es wie Pferdewiehern, Hundejaulen,
Katzenmiauen, Kuhblöcken und Gänseschnattern. Der Hofhund Benno knurrt
den Kater Felix an: „Heute ist Weihnachten, aber komm mir trotzdem nicht zu
nahe, sonst jage ich dich einmal um den Hof." Felix schnauft nur verächtlich
und putzt sich langsam sein Fell
mit einer Pfote. „Selbst du wirst
den Frieden dieser Nacht
nicht stören", lacht der
Hengst Gustav.

Jetzt spricht die Kuh Lotte: „Wie ihr wisst, ist heute auch aus einem anderen Grund ein besonderer Tag. Ich denke, dass heute das Kalb von unserer Hildegard geboren wird." Lotte tritt zur Seite. Hinter ihr, auf dem Boden des Stalls, tief in das frische Heu eingekuschelt, liegt die Kuh Hildegard. Ihr Bauch ist ganz dick, und sie atmet schnell und schwer. „Es wird schon alles gut gehen, Hildegard. Wir sind bei dir", redet Lotte beruhigend auf sie ein. „Es ist mein erstes Kalb!", flüstert Hildegard. „Ich habe Angst." – „Du wirst sehen, im Frühling läufst du mit deinem Kälbchen glücklich über unsere grünen Wiesen." Hildegard stöhnt und tritt unruhig mit ihren Beinen in das Stroh. „Ich glaube, es geht los!", flüstert Kater Felix dem Hofhund Benno ins Ohr. „Und, warum rückst du mir deswegen so dicht auf den Pelz?", knurrt Benno zurück. Felix seufzt und verdreht die Augen. „Es ist Weihnachten, vergiss das nicht. Ich darf dir so dicht auf deinen Flohpelz rücken, wie ich will. Nein, ich finde, du solltest den Bauer holen, damit er Hildegard hilft." Benno schaut den Kater erstaunt an. „Du machst dir Gedanken um andere?" Felix seufzt: „Das muss der Geist der Weihnacht sein, geh schon! Ich glaube, ihre Wehen setzen ein." Als Benno aus dem Stall läuft, hört man Hildegard laut muhen. „Beeil dich!", ruft Felix ihm hinterher. Benno springt durch den Schnee und erreicht das Bauernhaus. Er kratzt an der Tür und bellt aus Leibeskräften. Der Bauer öffnet die Tür. „Benno, was ist denn los?" Benno springt aufgeregt an ihm hoch und will ihn aus der Tür zerren. „Warte, ich komme ja schon, ich zieh mir nur etwas über." Die Kinder der Bauernfamilie sind aus der Stube gekommen. „Warum gehst du hinaus, jetzt soll es doch

Bescherung geben?", fragen sie ihren Vater. „Benno schlägt nicht ohne Grund an, irgendetwas ist passiert." Die ganze Familie zieht sich dicke Winterkleidung an und folgt Benno zum Stall. Sie hören Hildegards Muhen schon von draußen. „Braver Junge, Benno. Du hast bemerkt, dass Hildegards Wehen eingesetzt haben. Jetzt kann ich ihr bei der Geburt ihres Kälbchens helfen." Die anderen Tiere stehen im Kreis um die Kuh Hildegard herum.

Der Bauer hat die Lage schnell erkannt. „Sie hat es gleich geschafft, die vier Hufe des Kälbchens schauen schon heraus, ich werde ihr helfen." Er kniet sich neben Hildegard und redet beruhigend auf sie ein. Dann kümmert er sich um das kleine Kalb, das langsam aus seiner Mutter herausrutscht. „Ganz vorsichtig!", muht die Kuh Lotte, aber der Bauer kann sie nicht verstehen. Felix tigert aufgeregt auf einem Dachbalken hin und her. „Er darf nicht zu stark ziehen, das Kälbchen braucht Zeit." Aber der Bauer kann Felix' Miauen nicht verstehen. „Der Bauer hat schon viele Tiere zur Welt gebracht, er weiß, was er tut!", sagt der Hengst Gustav, aber der Bauer kann sein Wiehern nicht verstehen. Die Kinder schauen der Geburt gebannt zu. Die Mutter streicht ihnen über die Köpfe und sagt: „Irgendwie ist das doch auch eine Bescherung, oder?" Dann ist es geschafft, mit einem letzten Rutsch landet das Kalb auf dem weichen Heu und wird von seiner Mutter abgeleckt. Der Bauer reibt Hildegards Körper mit Stroh ab und legt ihr eine wärmende Decke über. „Mutter und Kind sind wohlauf!", jubelt Lotte. „Ist das Kind nicht süß?", schnurrt der Kater Felix. Der Hund Benno bellt zurück: „Sehe ich da etwa Tränen der Rührung bei dir?" – „Aber nein, ich freue mich nur über das zusätzliche Futter, das ich bald bekommen werde", murrt Felix trotzig und wischt sich verstohlen eine Träne fort. „Danke, Benno, und danke, Felix …", wispert Hildegard erschöpft. „Das ist das schönste Weihnachten im Stall, das wir je hatten!", sagt der alte Hengst Gustav, und alle stimmen ihm zu.

# Schoko-Weihnachtsbäume

**Du brauchst:**

Für die Grundform des Bäumchens: Doppelkekse,

20 Gramm Schokolade oder Kuvertüre, geriebene Mandeln,

grüne Lebensmittelfarbe, Zitronensaft, Puderzucker

Zum Verzieren: Gummibärchen, Schokolinsen, Zuckerkügelchen

1. Schneide aus einem Bogen Backpapier Halbkreise aus. Nimm dazu einen Becher mit ca. 9 cm Durchmesser und stelle ihn auf das Backpapier. Umkreise ihn mit einem Stift und schneide den Kreis aus. Falte den Kreis einmal in der Mitte und schneide dann den Kreis an dieser Linie in zwei Hälften. Forme aus den Backpapier-Halbkreisen kleine Tütchen, klebe die Enden mit Klebeband zu. An der unteren Tütenspitze darf kein Loch sein, sonst läuft dort später Schokolade aus!

2. Stecke die Tütchen in einen Eierkarton, damit sie nicht umkippen!

**3.** Nun schmelze die Schokolade in einem Wasserbad. Lass dir hierbei von einem Erwachsenen helfen. Fülle einen Topf mit Wasser und stelle einen kleineren Topf mit der klein gebrochenen Schokolade hinein. Erhitze nun das Wasser, langsam wird die Schokolade cremig. Wenn sie schön zerflossen ist, fülle die Schokolade in die Tütchen.

**4.** Jetzt kommt der Zuckerguss! Verrühre ein Schälchen Puderzucker mit 1 bis 2 Esslöffeln Zitronensaft, gib noch grüne Lebensmittelfarbe und geriebene Mandeln hinzu, bis ein toller, fester Brei entstanden ist! Löse die fest gewordenen Schokoladen-Bäumchen aus ihren Tütchen und tauche sie in das grüne Zuckerguss-Bad. Zum Schluss kannst du als Verzierung Gummibärchen, Schokolinsen oder Zuckerkügelchen anbringen, bevor der Zuckerguss getrocknet ist. Deiner Fantasie sind keine Grenzen gesetzt! Damit alles schön fest wird, stelle die frisch begrünten Bäume auf einem kleinen Teller in den Kühlschrank.

**5.** Für den Boden musst du noch einmal Zuckerguss anmischen, nur dieses Mal bleibt er weiß. Streiche 1 bis 2 Löffel auf einen dicken Doppelkeks. Hole die Tannenbäumchen aus dem Kühlschrank und drücke sie je mitten auf einen Keks.

# Das Krippenspiel

Es ist kurz vor Weihnachten. In unserem Kindergarten steigt die Spannung mit jedem Tag, denn bald ist es so weit: Dann führen wir ein Krippenspiel auf. Wir proben schon seit Wochen, und unsere Aufregung wächst von Stunde zu Stunde. Ich kann an nichts anderes mehr denken, schließlich habe ich eine wichtige Rolle in unserem Spiel: Ich bin Josef, der Ehemann von Maria. Zuerst wollte ich diese Rolle nicht spielen, wegen des vielen Textes, den ich mir merken muss. Aber jetzt gefällt sie mir sehr. Im nächsten Jahr gehe ich schon zur Schule – mal sehen, ob wir da auch ein Krippenspiel aufführen werden!

Unsere Erzieherin übt mit uns jeden Tag, damit bei der Aufführung alles klappt. Fast jeder im Kindergarten spielt mit oder malt und bastelt an den Dekorationen.

**Das ist unsere Besetzungsliste, da steht, wer welche Rolle spielt:**

| Rolle | Kind |
|---|---|
| Josef | Boris (ich) |
| Maria | Mia |
| Jesuskind | eine Babypuppe |

**Drei Könige:**

| Balthasar | Leon |
|---|---|
| Caspar | Finn |
| Melchior | Aaron |

| Stern von Bethlehem | Murat |
|---|---|
| Hirten | Lotta, Elias, Moritz |
| Herbergswirt | Bastian |
| Herbergswirtin | Leonie |

**Rollen ohne Text:**

Tiere im Stall, Engel

**Erzählerin:** Monika, unsere Erzieherin

Heute üben wir, das ganze Krippenspiel in einem Stück aufzuführen, als wäre schon „richtiges" Publikum da. Das nennt man „Generalprobe". „Bei einer Generalprobe darf ganz viel schiefgehen, das bringt Glück. Dafür läuft bei der richtigen Aufführung vor den Freunden und Familien alles wie geschmiert", sagt Monika, unsere Erzieherin. „Bei mir geht bestimmt alles schief!", stöhnt Murat. „Ich kann mir den Text nicht merken." Er spielt den Stern von Bethlehem und hat gar nicht so viel Text:

*„Ich scheine über Bethlehem,*
*bin der hellste aller Sterne!*
*Ich leuchte euch den Weg zum Stall,*
*ihr kommt von nah und ferne!"*

Am meisten Spaß macht uns das Schminken und Verkleiden. Weil wir alle eine Rolle spielen, sehen wir natürlich anders aus als sonst. Unsere Erzieherin hat mir mit dunkelbrauner Schminkfarbe einen Bart aufgemalt, ein Bettlaken ist mein Umhang. Mia spielt Maria.

Mia hat lange, blonde Haare, die sonst zu einem dicken Zopf geflochten sind. Doch als Maria trägt sie ihre Haare offen, das sieht wirklich sehr schön aus! Weil sie in ihrer Rolle schwanger ist, hat sie sich ein Kissen unter ihr Kleid gestopft. Jetzt hat sie einen dicken Bauch. „Vergiss nicht, Mia, du bist mit Josef den ganzen Tag gereist. Du bist müde und willst nur noch einen Platz zum Schlafen finden, um dich auszuruhen." Mia ist nämlich genauso nervös wie ich. Sie hüpft die ganze Zeit von einem Bein aufs andere und wirkt gar nicht müde.

Jetzt geht es los! Ich habe kalte Hände und meine Füße fühlen sich schwer wie Blei an.

Ich bin froh, dass unsere Erzieherin den ersten Text sagen muss: „Es war einmal vor sehr langer Zeit, vor über 2000 Jahren. Der römische Kaiser Augustus herrschte damals über viele Länder. Eines Tages wollte der Kaiser wissen, wie viele Menschen ihm untertan waren. Die Menschen sollten sich zählen lassen. Da machte sich Josef mit seiner Frau Maria auf den Weg zur Stadt Bethlehem, um sich zählen zu lassen. Maria war schwanger."

„Schwanger" ist Mias und mein Stichwort. Das heißt, wenn wir das Wort hören, müssen wir auftreten. Ich nehme Mias Hand, die auch eiskalt ist, und wir gehen gemeinsam nach vorne.

Ich versuche, mir vorzustellen, wie es Josef und Maria damals gegangen ist. Wir kommen in eine fremde Stadt und wissen nicht, wo wir schlafen sollen.

Unsere Bühne ist nicht groß, aber ich finde, die Dekoration ist uns gut gelungen. Auf ein großes Tuch haben wir zwei Häuser gemalt. Ein Haus ist die Herberge, das andere Haus ist der Stall. Aus Pappe und buntem Papier haben wir Sterne gebastelt, die über den Häusern aufgeklebt sind.

Ich tue so, als ob ich gegen die gemalte Tür der Herberge klopfe, und sage meinen ersten Text:

*„Bitte macht uns auf das Tor,*
*müde stehen wir davor.*
*Wir kommen von weit her,*
*unser Weg war lang und schwer!"*

Bastian ist mein bester Freund. Er spielt den Wirt der Herberge. Er ist sehr überzeugend, wenn er uns weiterschicken will:

*„Für euch ist kein Platz im Haus,*
*geht von meinem Hof hinaus!"*

Bastian schaut uns böse an und will uns fortjagen! Doch seine liebe Ehefrau, die Wirtin der Herberge, ist nett zu uns.

Leonie ist sehr gütig und freundlich, wenn sie uns den Weg zum Stall zeigt:

*„Hier habt ihr Schutz vor Regen und Wind. Es ist warm für Mutter und Kind."*

Bis jetzt läuft unser Krippenspiel ganz gut, nun muss unsere Erzieherin wieder einen Text sprechen:

*„Im Stall brachte Maria ihr Kind zur Welt. Sie wickelte ihren neugeborenen Sohn in Windeln und legte ihn in eine Krippe auf Heu und Stroh."*

Während Monika spricht, haben wir die nächste Szene vorbereitet: Mia hat sich das Kissen unter ihrem Kleid herausgezerrt und sitzt jetzt darauf. Ich habe eine Babypuppe in ein kleines Bettchen gelegt, das ist das neugeborene Jesuskind. Bastians Großeltern haben einen richtigen Bauernhof, und die haben für unser Krippenspiel zwei schöne Heuballen geliefert. Zwischen diesen Heuballen knien zwei kleine Kinder, die den Esel und den Ochsen spielen. Sie haben keinen Text zu lernen, sie müssen nur Laute von sich geben: „Muuuh, I-aaah!" Nun singen wir „Ihr Kinderlein kommet". Ich finde, dass besonders eine Stelle in der dritten Strophe so schön passt, wenn Mia ihr kleines Jesuskind liebevoll anschaut:

*„Da liegt es, das Kindlein, auf Heu und auf Stroh,*
*Maria und Josef betrachten es froh …"*

Nach dem Lied sollten die Hirten Lotta, Elias und Moritz auftreten, aber die drei haben gebannt unserem Spiel zugeschaut und total vergessen, sich umzuziehen. „Wo sind die Hirten?", ruft Monika. Lotta erwacht als Erste aus ihrer Träumerei. „Oh weh, wir sind noch nicht fertig!" Rasch ziehen sich die drei Hirten ihre Kostüme an. In der Eile tritt Elias auf Lottas Umhang, die stolpert und fällt fast hin, und beide müssen schrecklich lachen. Auch Monika kichert, dann holt sie tief Luft und fährt mit ihrem Text fort:

*„Die Hirten hüteten in der Nacht ihre Herde auf dem Feld. Da erschien ihnen ein Engel und sagte: ‚Fürchtet euch nicht! Euch ist heute der Heiland geboren, Jesus Christus. Geht nach Bethlehem, dort werdet ihr das Kind in der Krippe finden.'"*

Die Hirten gehen einmal durch den ganzen Raum und kommen dann bei uns auf der Bühne im Stall an. Ein paar kleinere Kinder spielen Engel, sie tragen hellblaue Kleider und zwei kleine Flügel. Unsere Erzieherin nimmt ihre Blockflöte, und gemeinsam singen wir alle das nächste Lied:

*„Kommet, ihr Hirten, ihr Männer und Fraun!*
*Kommet, das liebliche Kindlein zu schaun.*
*Christus der Herr ist heute geboren,*
*lasset uns singen, lasset uns loben!*
*Fürchtet euch nicht!"*

Wir singen das „Fürchtet euch nicht!" aus voller Kehle! Wenn wir alle zusammen richtig laut singen, macht das großen Spaß. Mir wird langsam warm unter meinem Laken-Umhang. Ich will ihn ablegen, aber Monika schüttelt den Kopf. Seufzend lasse ich ihn um, auch die Bart-Schminke juckt ein bisschen.

Jetzt hat Murat als Stern von Bethlehem seinen großen Auftritt. Er schreitet nach vorne, öffnet den Mund und sagt … nichts. Monika flüstert ihm vor: „Ich scheine über Bethlehem …", aber es hilft nichts, Murat hat seinen Text wirklich vergessen, wie er befürchtet hatte. Stattdessen winkt er mit seinem Sternenstab die drei Könige herbei, die schnell zur Bühne gelaufen kommen. Bevor Monika ihren Text dazu sprechen kann, sagt Murat: „Das sind die Heiligen Drei Könige aus dem Morgenland, sie heißen …"
Und nun sagt jeder seinen Namen:
„Caspar!" – „Melchior!" – „Balthasar!"
„Die sind mir gefolgt und wollen jetzt Maria und das Jesuskind sehen." Monika nickt glücklich: „Super, Murat, du hast zwar deinen Text vergessen, aber dir ist selbst etwas eingefallen!"

Auf die Kostüme der drei Könige sind wir alle richtig stolz. Wir haben ihnen aus dickem Goldpapier Kronen gebastelt und Monika hat aus glitzernden Stoffresten bunte Gewänder genäht. Sie sehen wirklich wie prächtige Herrscher aus, die mit Schätzen nach Bethlehem kommen, um sie dem Jesuskind zu schenken. Auf der Bühne ist es inzwischen voll geworden. Als die Könige zusammen ihren Text aufsagen, sind dort Maria, ich als Josef, das Wirt-Ehepaar der Herberge, Esel und Ochse im Stall, Murat als Stern von Bethlehem, die drei Hirten und die Weihnachtsengel:

*„Wir sind drei Könige aus weiter Ferne,*
*wir sahen am Himmel den hellen Sterne,*
*wir gehen zum Kindlein auf Heu und auf Stroh,*
*nimm unsere Schätze, das macht uns froh!"*

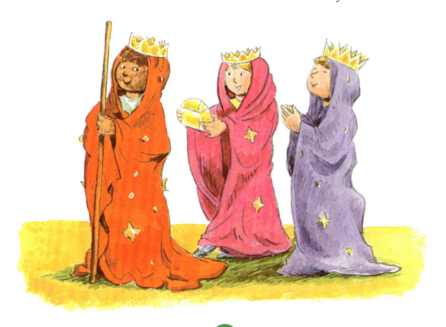

Wir haben es fast geschafft, bis jetzt ist bei der Generalprobe nicht viel schiefgelaufen. Hoffentlich heißt das nicht, dass vor den Zuschauern später alles schiefgeht! Aber das glaube ich nicht, uns hat das Krippenspiel so viel Spaß gemacht, meinetwegen könnte immer Weihnachten sein. Wir halten uns alle an den Händen und singen zusammen das letzte Lied:

*„Alle Jahre wieder kommt das Christuskind*
*auf die Erde nieder, wo wir Menschen sind!"*

Wenn ich später nach Hause komme, werde ich meiner Mutter alles über unser Krippenspiel erzählen. Das wird toll, wenn sie mit meinem Vater, meiner Schwester und meinen Omas und Opas im Publikum sitzt. Ich werde mir ganz viel Mühe geben, damit ihnen das Krippenspiel auch bestimmt gefällt!

CD:
Aufnahme und Musik-Jingles: Charlson Ximenes
Sprecher: Michael F. Stoerzer